ONEPUNCH-MAN 01

STORY by ONE &
DRAW by YUSUKE MURATA

村田雄介

ついに単《たん》行《こう》本《ほん》化《か》!
webと違《ちが》って印《いん》刷《さつ》物《ぶつ》になると
もう描《か》き直《なお》しがきかないので
念《ねん》入《い》りに手《て》を入《い》れました。
楽《たの》しんでやってくださいませ!

ONEPUNCH-MAN 01

STORY by ONE &
DRAW by YUSUKE MURATA

★この作品は
フィクションです。
実在の人物・団体・
事件などには、
いっさい関係ありません。

ONE PUNCH-MAN VOL.1 となりのヤングジャンプ

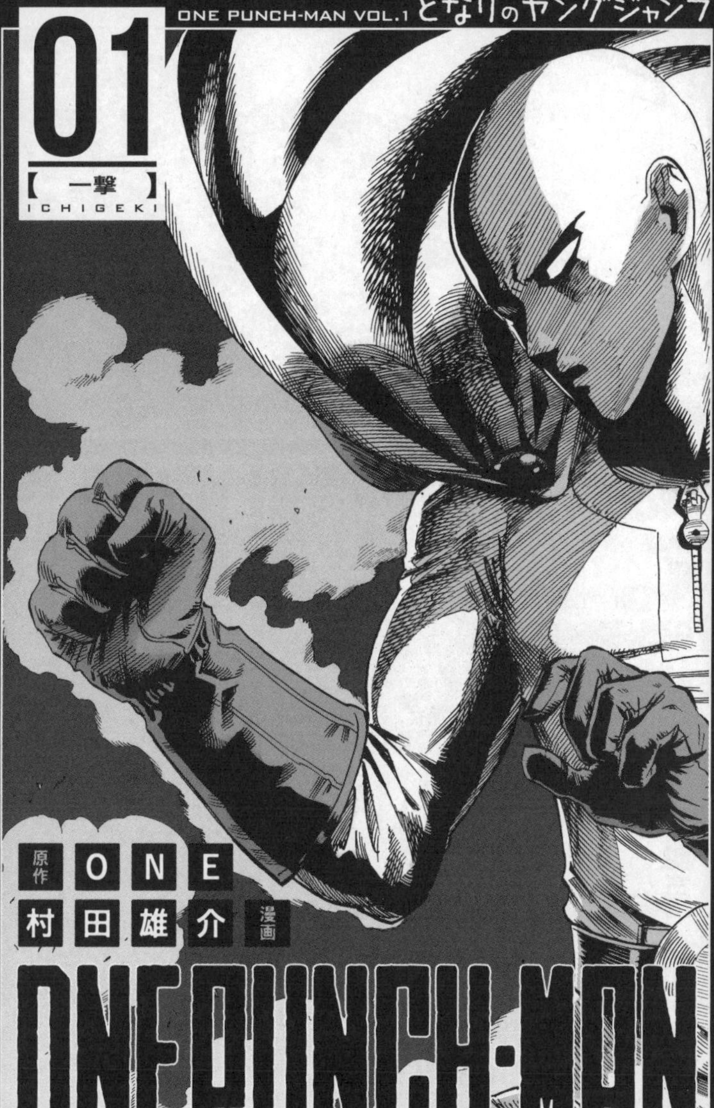

JUMP COMICS

CONTENTS

ONE PUNCH-MAN VOL.1

01 一撃

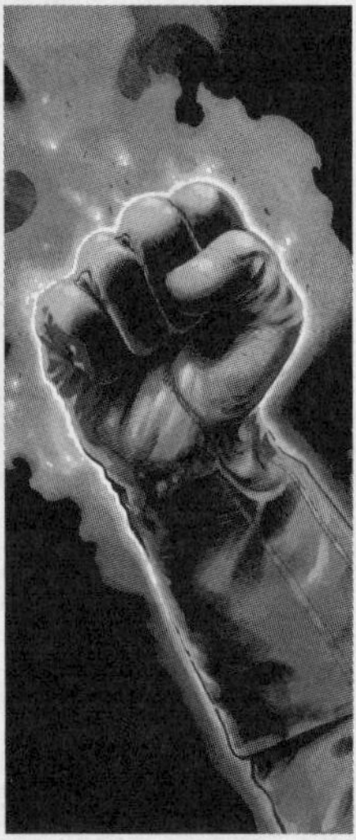

ONEPUNCH-MAN

STORY by ONE &
DRAW by YUSUKE MURATA

My name is SAITAMA. I am a hero.My hobby is hero activity. I became strong too much. Therefore, I am very sad. Any enemies will push down with one blow. Hair was also lost. Feeling was also lost. I want the upsurge of sentiment of a battle. I would like to meet the strongest enemy. I would like to meet a matchless enemy. And I would like to push down with one blow. It is because I am a one punch-man.

1撃目《げきめ》
一撃《げき》

チュン
チュン
ポッ

!?
ゴゴゴゴゴゴゴ

止まれ

ブヴウゥン
ウーウー
ファンファン
ズズン
グラッ

ものすごい轟音《ごうおん》と揺《ゆ》れが続《つづ》いています!!
15:20
市で大規模爆発
突如《とつじょ》A市《エーし》を襲《おそ》った大爆発《だいばくはつ》はなおも規模《きぼ》を拡大《かくだい》させ町全体《まちぜんたい》がまるで
滞・AB線 上下とも運転見合わせ
ドッ
ザザザッ
ザー…!
ザー…
……
行《い》くか

正義《せいぎ》
執行《しっこう》

ドゴォオン
えーん
SCHOOL CHILD
うえーん
パパー
ママー

ザ
ス
ッ
SCHOOL CHILD
メキ
メキ
SCHOOL CHILD
メぎ

何者《なにもの》だお前《まえ》は
ニヤリ

趣味《しゅみ》でヒーローをやっている者《もの》だ

…………
なんだその適当《てきとう》な設定《せってい》は…

私《わたし》は人間《にんげん》どもが環境汚染《かんきょうおせん》を繰《く》り返《かえ》す事《こと》によって生《う》まれた
ワクチンマンだ

地球《ちきゅう》は一個《こ》の生命体《せいめいたい》である
貴様《きさま》ら人間《にんげん》は地球《ちきゅう》の命《いのち》を蝕《むしば》み続《つづ》ける病原菌《びょうげんきん》に他《ほか》ならない――

私《わたし》は そんな人間《にんげん》どもと それが生《う》み出《だ》した 害悪文明《がいあくぶんめい》を抹消《まっしょう》するため
地球《ちきゅう》の意志《いし》によって 生《う》み出《だ》されたのだ！
メキ
メキ
それを！ 趣味《しゅみ》？ 趣味《しゅみ》だと
そんな理由《りゆう》で 地球《ちきゅう》の使徒《しと》 である私《わたし》に 刃向《はむ》かうとは
メキ
メキ

やはり人間《にんげん》
根絶《ねだ》やしにするほかないようだ！

メキ
メキ
メキ

ぐっはあああああああああああああああああ

ボトボト
ベチャ
……
またワンパンで
終《お》わっちまった
くそったれぇ
ええええええ
ええええええ

2撃目《げきめ》 蟹《かに》と就活《しゅうかつ》

三年前《ねんまえ》
わー
きゃぁあああああ
何《なん》かキモい変《へん》なのが出《で》たぞ逃《に》げろぉおお
あれれ〜? キミは逃《に》げなくてもいいのかな〜 プクプクプク(笑)

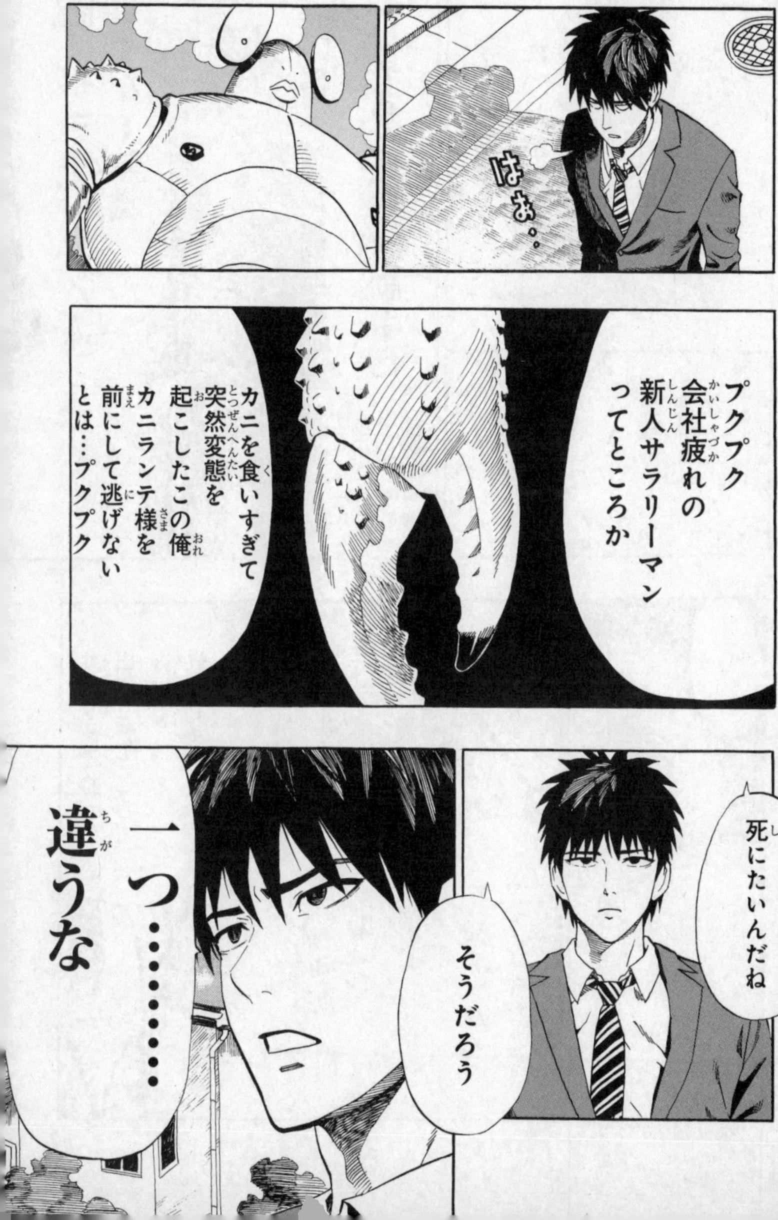
はぁ。。
プクプク 会社疲《かいしゃづか》れの 新人《しんじん》サラリーマン ってところか
カニを食《く》いすぎて 突然変態《とつぜんへんたい》を 起《お》こしたこの俺《おれ》 カニランテ様《さま》を 前《まえ》にして逃《に》げない とは…プクプク
死《し》にたいんだね
そうだろう
違《ちが》うな
一つ………

俺《おれ》はサラリーマンじゃなく無職《むしょく》
そして今《いま》 就職活動中《しゅうしょくかつどうちゅう》だ
今日《きょう》も面接《めんせつ》だったが見事《みごと》に落《お》とされたよ
なんか全部《ぜんぶ》どーでもよくなって
カニランテ様《さま》が出現《しゅつげん》したところで逃《に》げる気分《きぶん》じゃねーや
で 逃《に》げなきゃどうなんだ？

プクプクプク(笑)キミは俺様《おれさま》と同《おな》じく目《め》が死《し》んでいる
ザ
ザ
死《し》んだ目《め》のよしみだ特別《とくべつ》に見逃《みのが》してあげましょう
それに今《いま》は別《べつ》の獲物《えもの》を探《さが》していてね
?
アゴの割《わ》れたガキを探《さが》しているのだよ
見《み》つけたら八《や》つ裂《ざ》きの刑《けい》だプークックックックック(笑)

あ！
ん？
何見《なにみ》てんだよ
アゴの割《わ》れたガキ
見《み》つけたら八《や》つ裂《ざ》き
ドクン

おいガキ
お前《まえ》カニの怪物《かいぶつ》に何《なに》かしてないよな？
え？
公園《こうえん》で寝《ね》てたからマジックで乳首《ちくび》かいたよ
コイツだ

このガキ
自分《じぶん》がやった事《こと》を
まだわかってない
どうする!?
今《いま》ならまだ
どこかに隠《かく》す
事《こと》もできるが
でも可愛《かわい》く
ないなコイツ
俺《おれ》には関係《かんけい》
ないし
放《ほう》っておくか?
……あ?
……
ぬっ
そうだよどうでも
いい事《こと》じゃねーか
フッ

見《み》～つけ
たアッ!!
ヒュオ
ドゴッ
うわ!?
何《なに》やってんだ
俺《おれ》は!!?
あ～?

ガキ!! 狙《ねら》いは
お前《まえ》だ!!
早《はや》く逃《に》げろ!!!
で…
でも……
俺《おれ》に構《かま》うな
早《はや》く行《い》け!!
サッカーボールが…
ボールかよ
いいから早《はや》く行《い》け
って!!
殺《ころ》すぞ
キミ〜
何《なん》のつもりだい
まさかその糞《くそ》ガキを
かばう気《き》かい?
おいおいまさかとは思《おも》うが
子供《こども》のイタズラごときで
殺意《さつい》を起《お》こしてるのか?
よく考《かんが》えろアンタ
プク(笑)もう何人《なんにん》も
切《き》り裂《さ》いてきたよ
この姿《すがた》を馬鹿《ばか》にした奴《やつ》は
もれなくね プクク(笑)

そのガキャア
俺様《おれさま》のボディに
乳首《ちくび》を描《か》きやがったんだ
しかも油性《ゆせい》だぞ！
この手《て》ではタオルで
強《つよ》く拭《ふ》く事《こと》もできん！
許《ゆる》すまじ!!
邪魔《じゃま》をするなら
キミも一生《いっしょう》
就活《しゅうかつ》できない
体《からだ》にしてやる!!

くく…
!
おい
笑《わら》ったか
今《いま》？
くくくくく
あーっはっ
はっはっはっ
はっはっはっ
はっはっ
なんか思《おも》い出《だ》した
お前《まえ》 昔《むかし》見《み》た
アニメの悪役《あくやく》
そっくりだわ

がッ
スッ
ひっ
ズンズン
ひいいいいいいいいいい
ざざざ
びく
死《し》ね
ゴッ

待《ま》てコラ
この少子化《しょうしか》の時代《じだい》にガキを殺《ころ》すなんて見過《みす》ごせん
また思《おも》い出《だ》した
俺《おれ》小《ちい》さい頃《ころ》ヒーローになりたかったんだよ
サラリーマンじゃなくてテメーみてーなあからさまな悪役《あくやく》を一撃《げき》でぶっ飛《と》ばすヒーローに
なりたかったんだよ
バサ
就活《しゅうかつ》はやめだ
かかって来《こ》いコラ!

なあにがヒーローだ
キミに勝機《しょうき》なんてねーよ
プーックック(笑)
シュル
ク?
プグァぁッはぁぁあああああああああああああああああああああああああああ

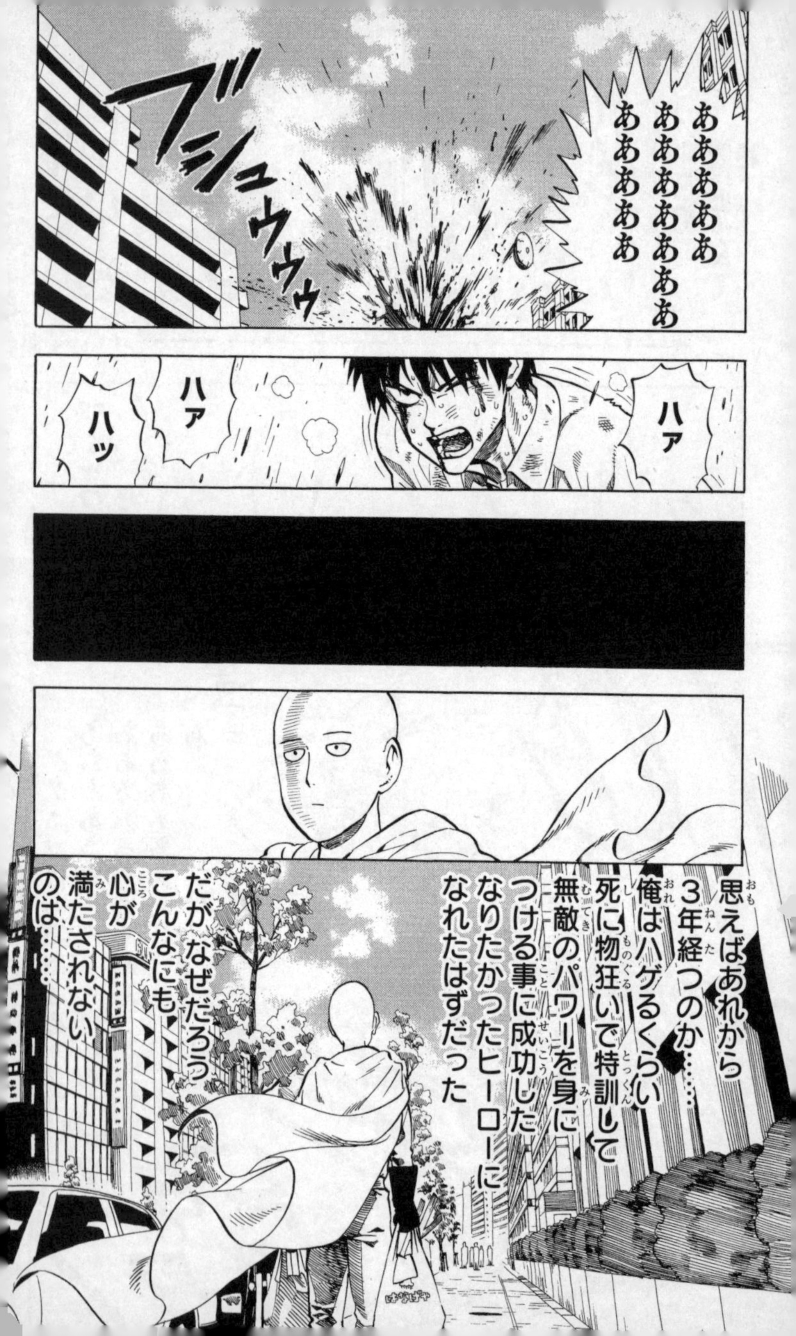
ブシュウウウ
あああああ
あああああああ
あああああ
ハァ
ハァ
ハッ
思《おも》えばあれから
3年《ねん》経《た》つのか……
俺《おれ》はハゲるくらい
死《し》に物狂《ものぐる》いで特訓《とっくん》して
無敵《むてき》のパワーを身《み》に
つける事《こと》に成功《せいこう》した
なりたかったヒーローに
なれたはずだった
だがなぜだろう
こんなにも
心《こころ》が
満《み》たされない
のは……

3撃目《げきめ》 災害存在《さいがいそんざい》

きょきょきょきょきょ!!
ついに究極《きゅうきょく》のステロイド「上腕《じょうわん》二頭《にとう》キング」が完成《かんせい》した
フケガオ
弟《おとうと》よ! これを飲《の》めば求《もと》めていた力《ちから》が手《て》に入《はい》るぞ
兄《にい》さん
チャプン
マルゴリ

ぐいっ
ドクン
うっ…!?
メキ
メキ
グキキ
ゴキ
メキ
がっあ…あああああああ
メキ

バサバサ
ちょ!!!
天井《てんじょう》が
なんちゅー
効果《こうか》だ!
いける! これなら
いけるぞ世界征服《せかいせいふく》
俺達《おれたち》
天才《てんさい》と筋肉兄弟《きんにくきょうだい》なら!

つーかデカくなりすぎだろ!!

研究所《けんきゅうじょ》が崩《くず》れた！
弟《おとうと》よ！
助《たす》けてくれ!!
巨大《きょだい》なガレキにはさまった！
ゴゴゴ
ズ…
ぎゃ
よーし
いいぞ!!
俺《おれ》が頭脳《ずのう》で
お前《まえ》が筋肉《きんにく》
最高《さいこう》の知力《ちりょく》と
最強《さいきょう》の肉体《にくたい》が
力《ちから》を合《あ》わせるのだ

地上《ちじょう》の全《すべ》てを征服《せいふく》し
ズシーン
ズシーン
俺達兄弟《おれたちきょうだい》が王《おう》になるのだ
ズシーーン
俺《おれ》はただ世界《せかい》で一番《ばん》強《つよ》い男《おとこ》になりたかった
それが夢《ゆめ》だった

ズズン…
な なんだ
え!?
大《おお》きなヒト…!!?
怪獣《かいじゅう》だ!
逃《に》げ
オォォォオオオオ

拳《こぶし》を一振《ひとふ》りしただけで町《まち》が……
す すごいぞ
弟《おとうと》よ!!
数万人《すうまんにん》は死《し》んだ!
よーし
そのまま隣《となり》の
町《まち》も掃除《そうじ》だ!!
ズゴゴゴゴ

ウウウウウウウウ
緊急避難警報《きんきゅうひなんけいほう》
です
災害《さいがい》レベル
鬼《おに》です
D市《ディーし》に巨大生物《きょだいせいぶつ》
が出現《しゅつげん》し
D市《ディーし》が
消滅《しょうめつ》しました
はぁ!?
巨大生物《きょだいせいぶつ》は隣《となり》の
B市《ビーし》に接近中《せっきんちゅう》の
模様《もよう》です
近隣住民《きんりんじゅうみん》は 至急《しきゅう》
避難《ひなん》して下《くだ》さい
うわわわわわわわわ
やっべえええええええ
ドタドタ
バタ
世界《せかい》はおしまい
だあああああああああ
ちょっと
押《お》さないでよ
ママー
ーーッ!!
ケータイ
落《お》とした
こら 立《た》ち
止《ど》まるな

キャーー
ワーー
うきょきょきょきょ
蹴散《けち》らせ!! 見《み》せつけてやれーい
キャーー
……って誰《だれ》か乗《の》ってる!!!!!
パンツはけよ
肩《かた》! 肩《かた》に
肩《かた》に乗《の》ってる奴《やつ》を殺《ころ》せ!!

ドチン
兄《にい》さああああああああああああああああん
おおおおおおおおおおおおおおお

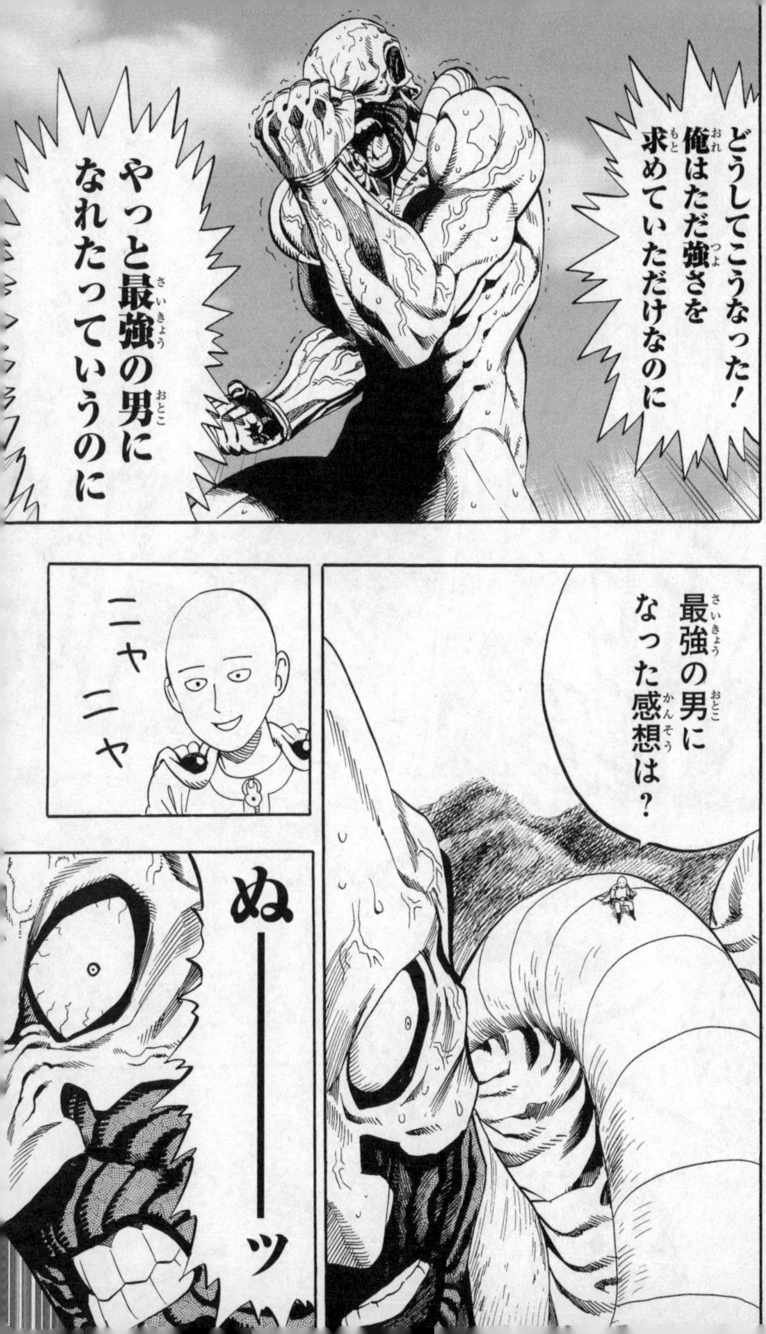

どうしてこうなった!
俺《おれ》はただ強《つよ》さを求《もと》めていただけなのに
やっと最強《さいきょう》の男《おとこ》になれたっていうのに
最強《さいきょう》の男《おとこ》になった感想《かんそう》は?
ニヤニヤ
ぬ——ッ

誰《だれ》だか知《し》らんがお前《まえ》のせいで兄《にい》さんが死《し》んだ
うお
許《ゆる》せん
ガッ
ブッ
パンパン

最強《さいきょう》
これが俺達兄弟《おれたちきょうだい》の
最強《さいきょう》の力《ちから》ぁぁぁ！

ハー
ハー
フー
俺《おれ》は最強《さいきょう》の男《おとこ》!!

…………
…………
………
だから何《なん》なんだ？……………
だよな
虚《むな》しい

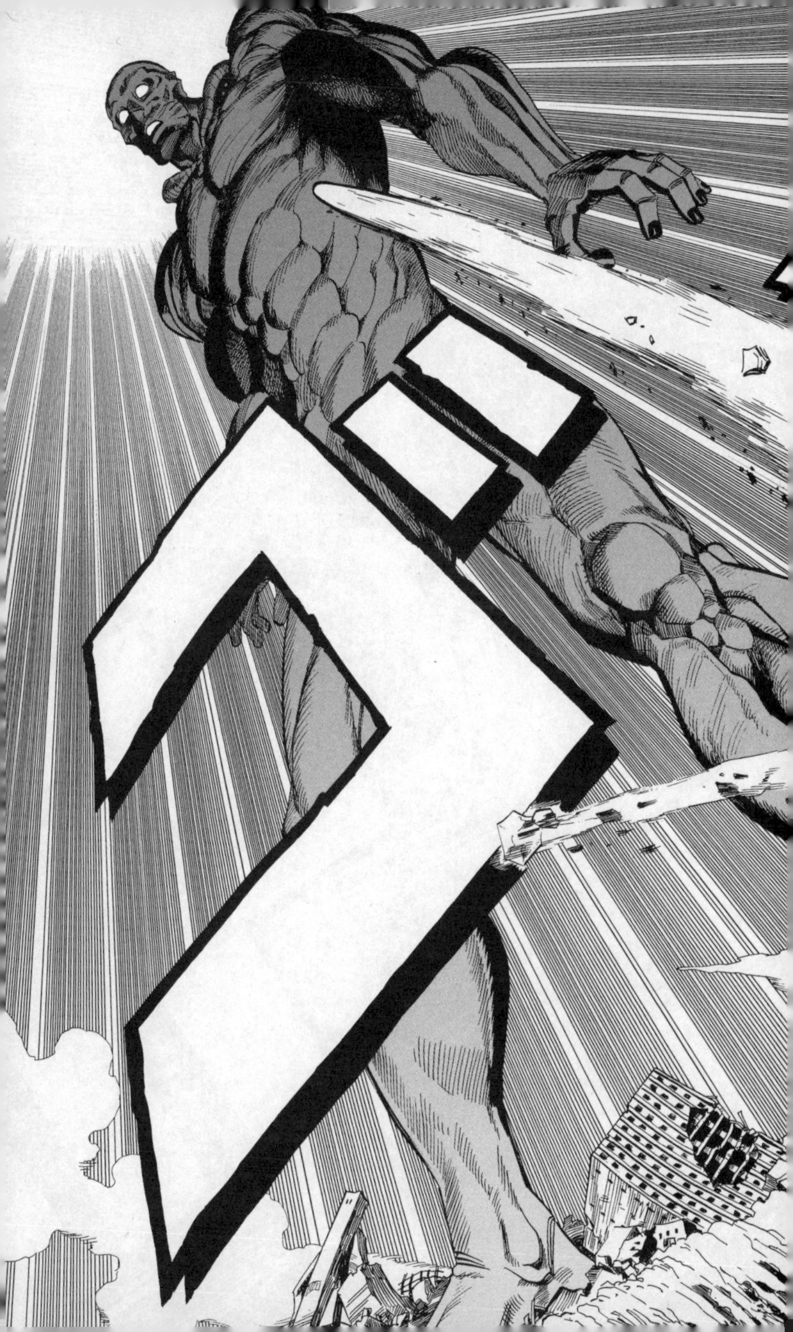
ゴ

プシュウウウウゥゥゥ
圧倒的《あっとうてき》な力《ちから》ってのは
つまらないもんだ
あ
ドオオン
B市《ビーし》消滅《しょうめつ》

チュン
チュン
消火栓
4撃目《げきめ》
闇《やみ》の地底人《ちていじん》

バサ
バサ
がばっ
ぴくっ

ウェット的ティシュー
ドドオッ
メキ

バギャーン
ガキキキキ
ガシャ
ガヘッ
お
ガラン
ガラン
シュウウウウウ
ピシ
俺《おれ》んちが……
どくっ

ぐはっ
ザ
!?
バーン!
パタタッ

……!?
なんなんだ
お前《まえ》ら
…っ…
ゴォォォォォォ
…強《つよ》い

なんだとは
失礼《しつれい》だな
我々《われわれ》は真《しん》の
地球人《ちきゅうじん》だぞ
ボコ
貴様《きさま》らは我々《われわれ》を
地底人《ちていじん》と呼《よ》ぶ
そうだがな
ボコッ
我々《われわれ》は数《かず》が
増《ふ》えすぎた
よって地上《ちじょう》を
いただく事《こと》に
したんだが
地上人《ちじょうじん》も
なかなか多《おお》い
らしいな
邪魔《じゃま》だから
絶滅《ぜつめつ》して
もらう事《こと》に
した

我々《われわれ》が侵攻《しんこう》を始《はじ》めてから既《すで》に7割《わり》の地上人《ちじょうじん》が土《つち》に還《かえ》った
ドッ
ドッ
これも生存競争《せいぞんきょうそう》だ潔《いさぎよ》く受《う》け入《い》れて欲《ほ》しい
それにしても驚《おどろ》いたな
ドッ
殴《なぐ》っても死《し》なない地上人《ちじょうじん》はお前《まえ》が初《はじ》めてだよ
だが地上《ちじょう》はいただく
ドックン
消《き》えろ

ガ

何《なん》だと
ごはぁっ

こいつ…

ムオッ!?
だッッ!!!!

ダーン

ハァアアアアアア
ガシャァ
ぶっはっ

つはぁ――ッ!!!
俺《おれ》は負《ま》けない

地上《ちじょう》は俺《おれ》が守《まも》る!!
うっぉお
おおおお
おお
……
何《なん》だ
この気持《きも》ちは…
ほざけ
弱小種族《じゃくしょうしゅぞく》
が!!
この
鼓動《こどう》の
高鳴《たかな》り
は!?

このピンチ
この緊張感《きんちょうかん》は!

久《ひさ》しく忘《わす》れていた
この戦《たたか》いの昂揚感《こうようかん》は
ハア
ハア
ハア
そう
ハア
ハア
おやおや息子《むす》達《こたち》が随分《ずいぶん》と世話《せわ》になってるじゃないか
そうだ

これが俺《おれ》の
ゴゴゴ

ウウウ
ウウ
シュウ
この地底王《ちていおう》が
相手《あいて》をしてやる
求《もと》め
ズズズ

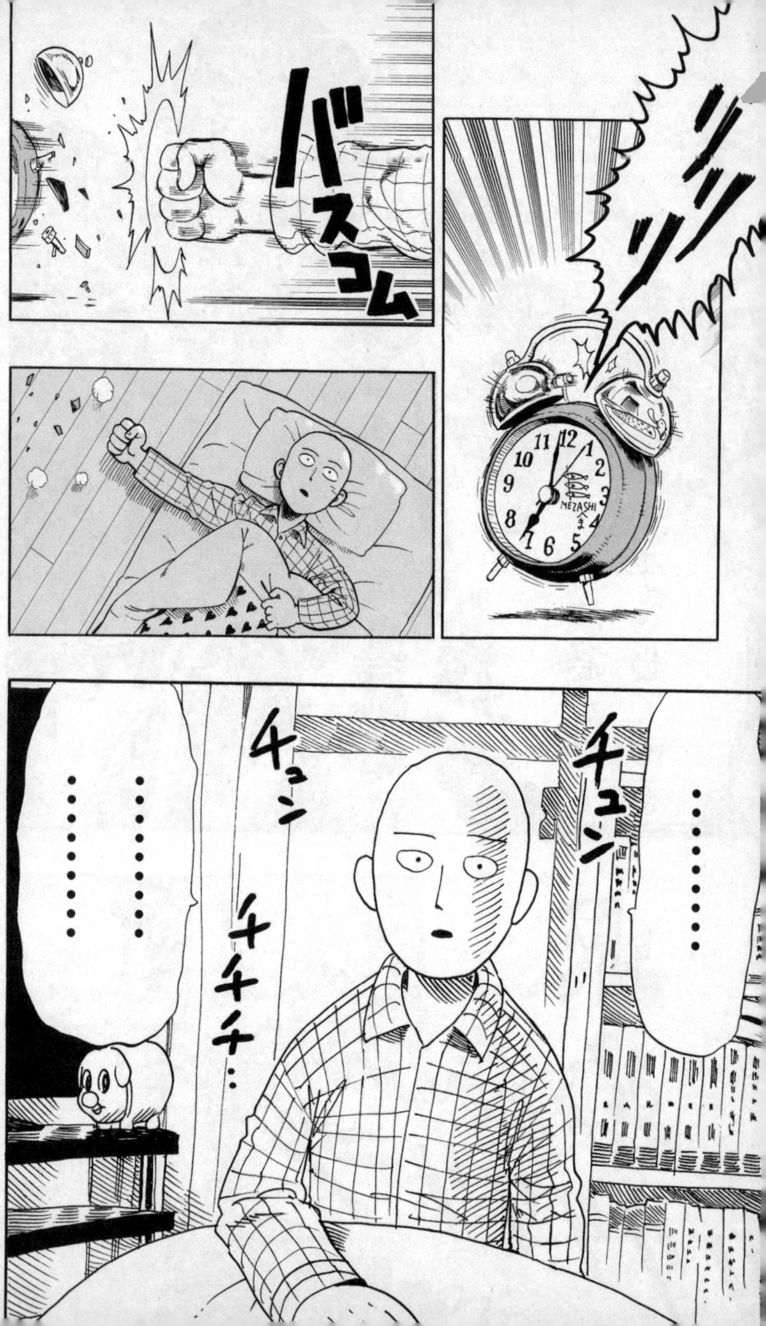
ジリリ
バスコム
チュン
チュン
チチチ…
…………
………
…………

チュン
チュン
ふははは
地上《ちじょう》は我々《われわれ》 地底人《ちていじん》が
いただいた
地上人《ちじょうじん》には死《し》んでもらう
我《われ》は地底王《ちていおう》!
地上人《ちじょうじん》ども覚悟《かくご》し

地上《ちじょう》は
俺《おれ》が守《まも》る
!?
さあ
やろうか!!
あれ・・・
すいませんでした
バタ
バタ

すた すた
SAITAMA
むながや
あるけ。

ONEPUNCH-MAN 01

STORY by ONE &
DRAW by YUSUKE MURATA

俺《おれ》は
強《つよ》くなりすぎた

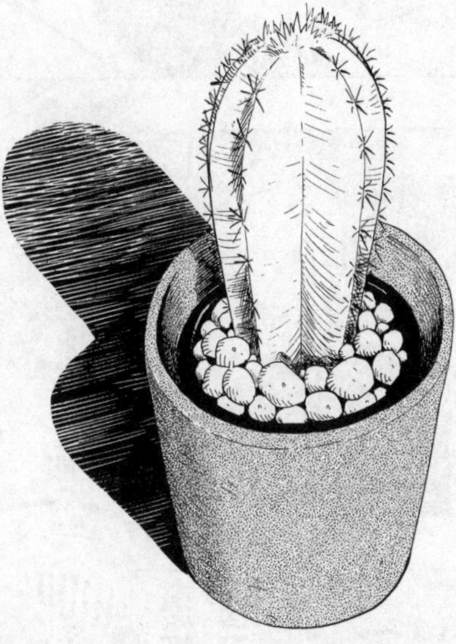

5撃目《げきめ》
かゆさ爆発《ばくはつ》

世《よ》の中《なか》にはびこる悪《あく》は
一向《いっこう》に消《き》える
気配《けはい》は無《な》い
これは俺《おれ》が趣味《しゅみ》で
ヒーローを始《はじ》める前《まえ》と
変化《へんか》ない事《こと》だ
つまり基本的《きほんてき》に
俺《おれ》は社会《しゃかい》に何《なん》ら
影響《えいきょう》を与《あた》えて
いないと
いう事《こと》だ
それについては悲《かな》しくはない
俺《おれ》はヒーローを趣味《しゅみ》として
やっているつまり自己満足《じこまんぞく》が
できればいいのだ
正義《せいぎ》という大義名分《たいぎめいぶん》のもと
悪《あく》と戦《たたか》う事《こと》は
生《い》きる気力《きりょく》の無《な》かった俺《おれ》に
興奮《こうふん》と快感《かいかん》を与《あた》えた
しかし今《いま》
俺《おれ》は大《おお》きな悩《なや》みを
抱《かか》えている…
日々《ひび》感情《かんじょう》が
薄《うす》れていくのだ
hage
ろろろろ
ぞんぼろろ
恐怖《きょうふ》もない
喜《よろこ》びもない
緊張《きんちょう》もない
怒《いか》りもない

力《ちから》と引《ひ》き換《か》えにヒトとして大切《たいせつ》な何《なに》かを失《うしな》ってしまったのだろうか?
以前《いぜん》は戦《たたか》いの際《さい》には心《こころ》の中《なか》で様々《さまざま》な感情《かんじょう》が渦巻《うずま》いていた…恐怖《きょうふ》、焦《あせ》り、怒《いか》り…
なのに 今《いま》は
ワンパンで片付《かたづ》く決着《けっちゃく》
無傷《むきず》のまま自宅《じたく》へ戻《もど》り手袋《てぶくろ》を洗《あら》う日々《ひび》
怪人《かいじん》やモンスターと戦《たたか》っているとき そこに魂《たましい》のぶつかり合《あ》いなどは無《な》い
まるで虫《むし》を……
ウゥゥ
蚊《か》を潰《つぶ》すときのように感情《かんじょう》を伴《ともな》わないのだ
ウゥ
ウゥゥ
ウゥゥ
ピタ…

こんな風《ふう》に!!
パアン
そうこの感覚《かんかく》だ
何《なに》も感《かん》じなくて
当《あ》たり前《まえ》だ
ウゥ
ウ
ウゥ
ウ

今年《ことし》の蚊《か》の大量発生《たいりょうはっせい》は世間《せけん》に混乱《こんらん》を招《まね》いています
コンチャス!3
大混乱!
蚊が異常発生!
私《わたし》はインドア派《は》なんでまだいいのですが外《そと》で遊《あそ》ぶ子供《こども》なんかは可哀《かわい》そうですよね
原因《げんいん》は何《なん》なのか!?
蚊《か》の専門家《せんもんか》であり本《ほん》も出《だ》されているカーフェチ氏《し》に来《き》ていただきました
よろしくお願《ねが》いします
えー 結論《けつろん》から言《い》わせてもらうと今年《ことし》の蚊《か》は完全《かんぜん》な新種《しんしゅ》であるため私《わたし》もわかりません
帰《かえ》れ
ええ〜 おい
ポリ
ポリ
大量発生《たいりょうはっせい》って勘弁《かんべん》してくれよ
hage
パッ
番組《ばんぐみ》の途中《とちゅう》ですが臨時《りんじ》ニュースをお伝《つた》えします
!

ヴ
ヴ
ヴ
ヴ

くそ！逃《に》がした
蚊《か》めぇ～～！（怒）
プゥウウウン
プゥウウウン

ぐっ
プゥウウウゥ
パン
プゥウウゥ
ピタッ
パ
ウウウウ
ウウウウウ
ウ
ウ
ハア
ハア
ハア
ハア

Z市《ゼットし》に大量《たいりょう》の蚊《か》の群《む》れが向《む》かっています‼
住民《じゅうみん》は絶対《ぜったい》に外《そと》に出《で》ないようにしてください
災害《さいがい》レベル鬼《おに》
既《すで》に襲《おそ》われた家畜《かちく》はミイラ化《か》していたとの事《こと》です
群《む》れに接触《せっしょく》したら確実《かくじつ》に死《し》にます
これがその映像《えいぞう》です‼
まるで砂嵐《すなあらし》のようです
Z市《ゼットし》ってここじゃん
窓《まど》閉《し》めなきゃ

ガシャン
あっはっは
警報《けいほう》で
どの店《みせ》も無人《むじん》……
バカどもが
ガチャッ
蚊《か》に刺《さ》されて死《し》ぬ
人間《にんげん》がいるかっつの
こんだけ
盗《と》っときゃ
多少《たしょう》蚊《か》に血《ち》ぃ
吸《す》われても
オッケーよ
ズル
ビュウウウ
?
風《かぜ》が

おッ
うが…!?
あうウッ
おお…

ガサ

ズオッ
ズオオオ
オオオ

ぷはぁ〜 なによ アンタ達《たち》
こんだけじゃ全然《ぜんぜん》 足《た》んないわよ
もっと 吸《す》ってらっしゃい

プウウウ
ドドシュ
！今《いま》何匹《なんびき》か死《し》んだ
近《ちか》い
なるほど
!?
蚊《か》の大群《たいぐん》に血《ち》を吸《す》わせ
それをお前《まえ》が
独《ひと》り占《じ》め
していたのか

お前《まえ》が蚊《か》に信号《しんごう》のようなものを送《おく》り操《あやつ》っていたとすれば
この不可解《ふかかい》な集団移動《しゅうだんいどう》にも説明《せつめい》がつく
主人《しゅじん》であるお前《まえ》を排除《はいじょ》すれば
この目障《めざわ》りな群《む》れもいなくなるのか？
フッ

食事《しょくじ》が来《き》たわ
吸《す》い尽《つ》くしてあげなさい

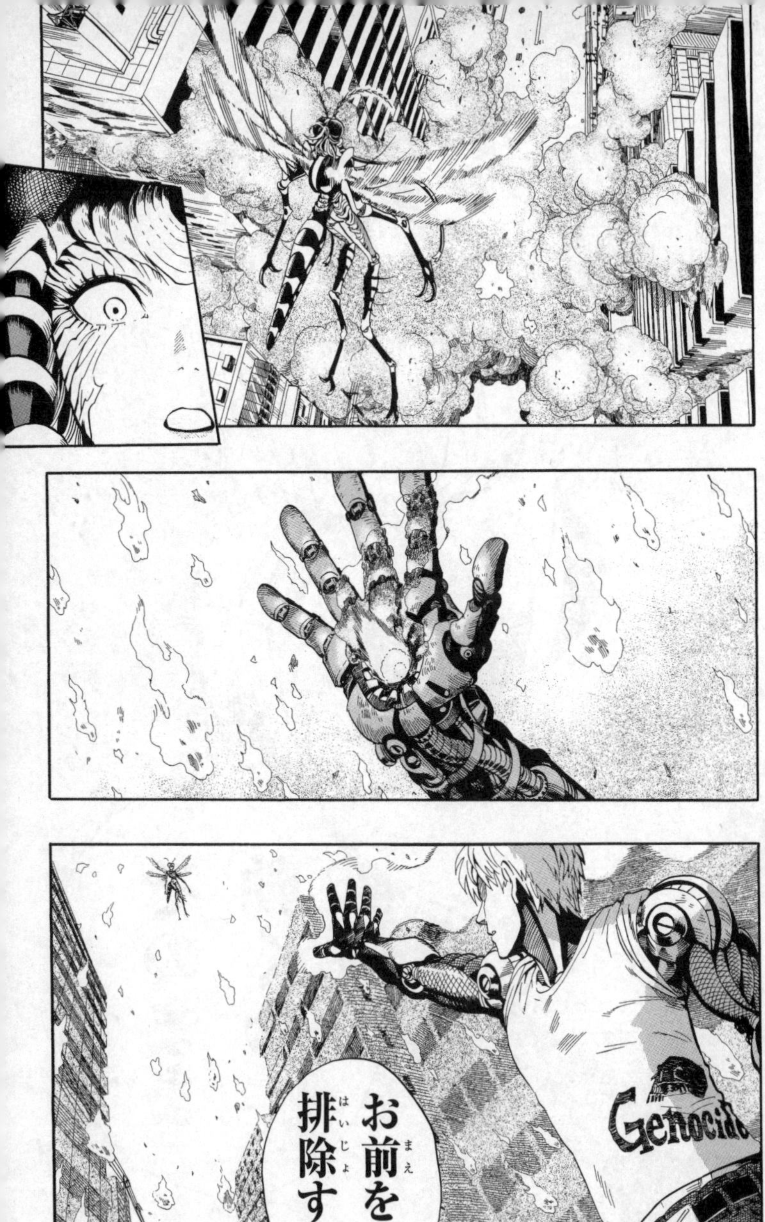
お前《まえ》を排除《はいじょ》する

そのまま動《うご》くな

ふふふ
クく
私《わたし》を排除《はいじょ》するですって？ふふ！

プ～～
やったか!?
ビキ
ビキ
ビキ

6撃目《げきめ》 サイタマ

焼却《しょうきゃく》

グイ
ブン!
!

ハッ
う‥

ふっ
次《つぎ》は足《あし》かしら?
ガクン
え?
あれ・・・
私《わたし》の足《あし》は・・・?

ポイ
ザッ

ヴンッ
無駄《むだ》だ
シュオオオォ
俺《おれ》からは逃《に》げられない
ヴヴヴ
！
何《なん》なのよアイツ
ボン
ボボン
今《いま》のままじゃ殺《ころ》されちゃいそうね

私《わたし》の指示《しじ》が届《とど》く範囲《はんい》
半径約《はんけいやく》50キロに
飛散《ひさん》している
蚊達《かたち》を呼《よ》ぶ
ヒュウウウウウ
町《まち》の人間《にんげん》どもは隠《かく》れて
血《ち》を吸《す》わせないようだけど
森《もり》や自然《しぜん》の動物《どうぶつ》は別《べつ》よ
さあ来《き》なさい
アンタ達《たち》
溜《た》め込《こ》んだ
ジュースを私《わたし》に
注《そそ》いでちょうだい
ズズズ

無駄《むだ》だ
……
あの数《かず》……
この町全体《まちぜんたい》……いやもっと広範囲《こうはんい》で血《ち》を集《あつ》めていたならば……

オオオオオ
奴《やつ》にとって血液《けつえき》は単《たん》なる食糧《しょくりょう》ではないのか…
キィィィィ
まだ集《あつ》まっている
これは早急《そうきゅう》に終《お》わらせた方《ほう》がよさそうだな
待《ま》てコルァー
びく
!
だだだ

俺《おれ》との決着《けっちゃく》がまだ着《つ》いてねーぞ!!
ダダ
だだだ
何《なん》だあいつは
プゥゥゥ ウウ
いや何《なに》かうごめいて
…蚊《か》?
うわぁぁ…
オオオオオ
!?
何《なん》だあの雲《くも》

!
そこのお前《まえ》 避難《ひなん》していろ
あの群《む》れは 意思《いし》を持《も》っている
こちらに気付《きづ》けば すぐ襲《おそ》ってくるぞ
……まじで
ザワ
……!
やべーじゃん 早《はや》く逃《に》げ…
ブッ

言葉《ことば》を話《はな》すから人間程度《にんげんていど》の知能《ちのう》は持《も》っていると思《おも》ったが…
ゴオオオオ
所詮《しょせん》は虫《むし》か
パチ
パチ
わざわざ焼却《しょうきゃく》しやすく蚊《か》をまとめて俺《おれ》に向《む》けるとは
お前《まえ》を発見時《はっけんじ》に周囲《しゅうい》500メートル内《ない》に生体反応《せいたいはんのう》が無《な》い事《こと》は確認済《かくにんず》みだった
ヴィシュン
ここなら遠慮《えんりょ》なく吹《ふ》き飛《と》ばす事《こと》が…
ザッ
しまった
一人《ひとり》巻《ま》き添《ぞ》えに…

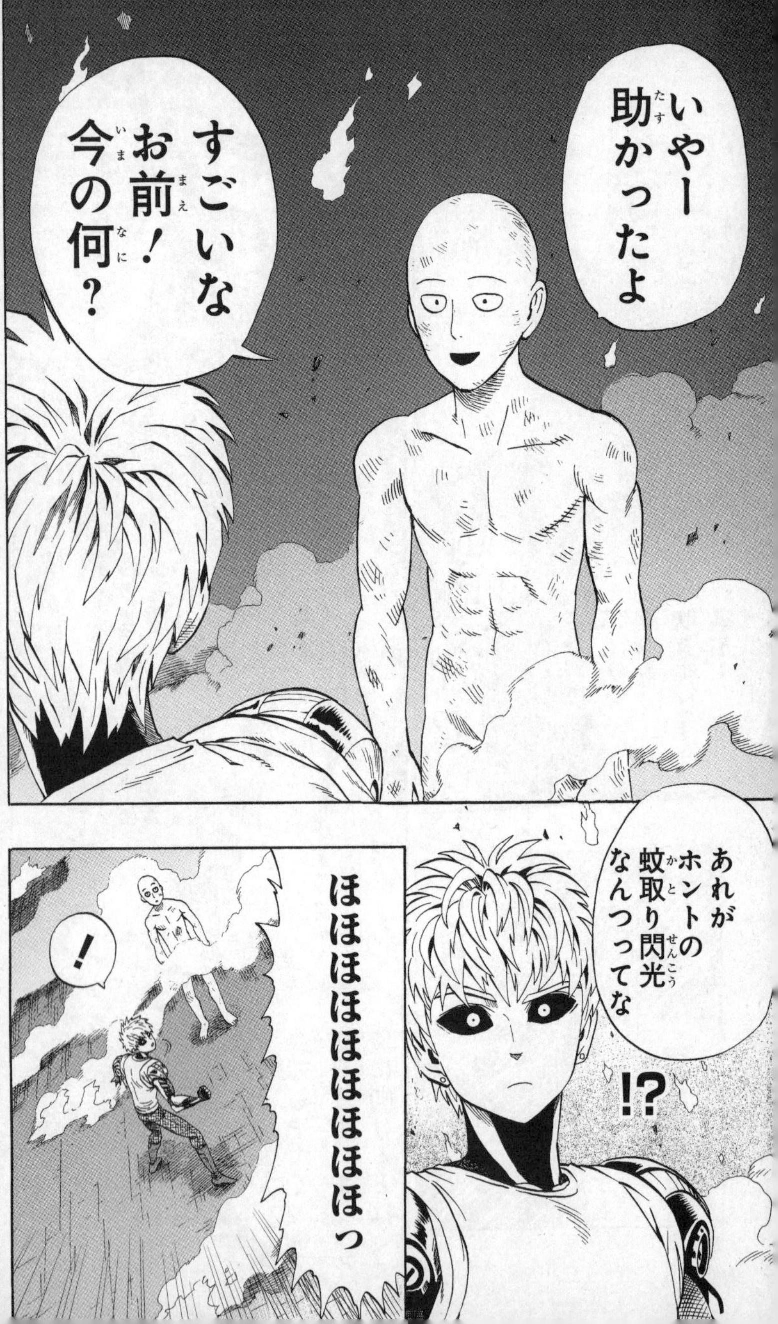
いやー助《たす》かったよ
すごいなお前《まえ》！今《いま》の何《なに》？
あれがホントの蚊取《かと》り閃光《せんこう》なんつってな
!?
ほほほほほほほほほほっ
！

その子達《こたち》は必要《ひつよう》なくなったのよ
バカねえ
だって

こんなに強《つよ》く なったんですもの

フッ
あははははは
そんなパンチじゃ
蚊《か》も殺《ころ》せないわよ

ほっほっほっ
脆《もろ》いわねー
次《つぎ》頭《あたま》
捕《と》ったげる♥
血液《けつえき》を
吸収《きゅうしゅう》するほど
身体機能《しんたいきのう》が
進化《しんか》する
仕組《しく》みだったのか

キイイイイイイ
完全《かんぜん》に油断《ゆだん》した
もう勝機《しょうき》は無《な》い…
自爆《じばく》するしか……
すまない…
博士《はかせ》…

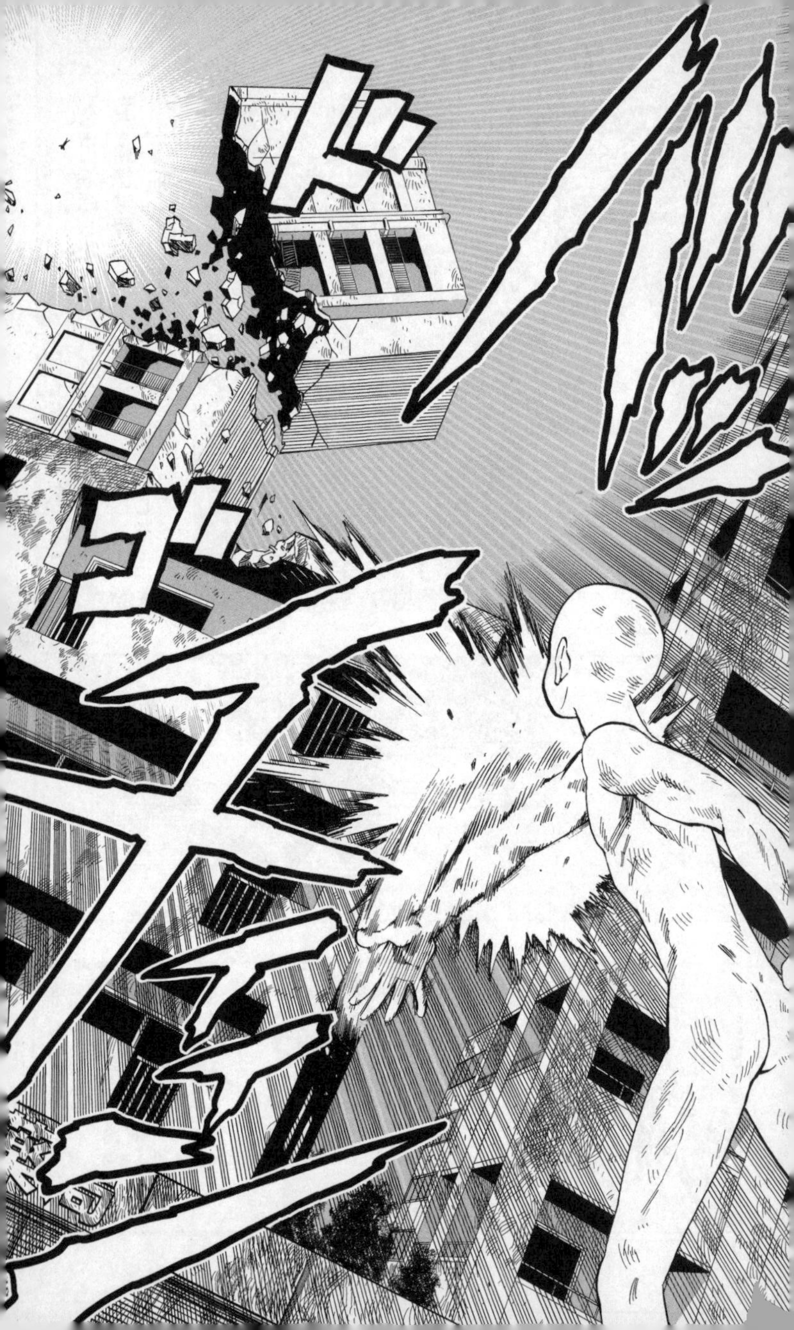
ドッ

蚊《か》……うぜえ
パン
パン
……!!

ちょっと待《ま》った
ん？
俺《おれ》は単独《たんどく》で正義活動《せいぎかつどう》をしているサイボーグ
ジェノスという者《もの》だ！
ぜひ名前《なまえ》を教《おし》えてほしい
え
サイタマだけど？
弟子《でし》にしていただきたい
あ…うん
…え？

7撃目《げきめ》 謎《なぞ》の襲撃《しゅうげき》

先生《せんせい》!!
ガチャ…
……
マジで来《き》やがったか
えーーっと…
ジェノスです
サイタマ先生《せんせい》!!
……その先生《せんせい》っていうのやめてもらえる?
師匠《ししょう》!
師匠《ししょう》はやめろ

コ
ト‥
飲《の》んだら帰《かえ》れよ
弟子《でし》なんか募集《ぼしゅう》してねーし
あれ？お前《まえ》ケガ治《なお》ってね？
はい
身体《からだ》の大部分《だいぶぶん》は機械《きかい》なのでパーツさえあればすぐに
変《か》わってんなお前《まえ》
先生《せんせい》はどのようなパーツを使《つか》っているのですか？
使《つか》ってねーよ
え？
じゃあその頭部《とうぶ》の肌色《はだいろ》の装甲《そうこう》は？
いや これ肌《はだ》だから

いやしかし
それでは先生《せんせい》が
若《わか》くしてハゲて
いるという事《こと》に…
ハゲてんだよ
うるせーな!!
何《なん》なんだテメーは!!
俺《おれ》?
俺《おれ》の話《はなし》を
聞《き》いて
くれますか?
いや…
いい
4年前《ねんまえ》……
俺《おれ》は15の頃《ころ》まで生身《なまみ》の人間《にんげん》でした。
こんなじみったれた世《よ》の中《なか》でも家族《かぞく》と共《とも》に
平穏《へいおん》にまぁまぁ幸《しあわ》せな毎日《まいにち》を送《おく》っていました。
しかしある日《ひ》、暴走《ぼうそう》しイカレたサイボーグが
俺達《おれたち》の町《まち》を襲《おそ》ってきたんです。
暴走《ぼうそう》サイボーグ…おそらく身体改造《しんたいかいぞう》を失敗《しっぱい》して
異常《いじょう》が発生《はっせい》したのでしょう。
奴《やつ》は全《すべ》てを破壊《はかい》し尽《つ》くしていきました。
公園《こうえん》、学校《がっこう》、ビル群《ぐん》、俺《おれ》の家《いえ》…
そして…俺《おれ》の家族《かぞく》の命《いのち》までも…
奇跡的《きせきてき》に生《い》き残《のこ》った俺《おれ》は当時《とうじ》まだ15歳《さい》で弱《よわ》く、
廃墟《はいきょ》の町《まち》でたった独《ひと》り、力尽《ちからつ》きる寸前《すんぜん》でした。
そこに偶然通《ぐうぜんとお》りかかったのがクセーノ博士《はかせ》。
クセーノ博士《はかせ》は町《まち》を襲《おそ》った暴走《ぼうそう》サイボーグの
凶行《きょうこう》を止《と》めるため旅《たび》を続《つづ》けている正義《せいぎ》の科学者《かがくしゃ》でした。
そこで俺《おれ》はクセーノ博士《はかせ》に頼《たの》み込《こ》み、
身体改造手術《しんたいかいぞうしゅじゅつ》をしてもらったんです。
そして俺《おれ》は正義《せいぎ》のサイボーグとして
生《う》まれ変《か》わり、いつかあの暴走《ぼうそう》サイボーグを
破壊《はかい》する事《こと》をクセーノ博士《はかせ》と約束《やくそく》したのです。

あれから4年《ねん》の月日《つきひ》が経《た》ち、
19歳《さい》になった俺《おれ》は悪《あく》を排除《はいじょ》しながら
町《まち》から町《まち》へと旅《たび》を続《つづ》けていました。
これまで倒《たお》した怪物《かいぶつ》や悪《あく》の組織《そしき》は
数知《かずし》れず…しかし例《れい》の暴走《ぼうそう》サイボーグに
つながる手掛《てが》かりは全《まった》くつかめず
苛立《いらだ》ちと焦《あせ》りの日々《ひび》を過《す》ごしていました。
いつからか俺《おれ》は暴走《ぼうそう》サイボーグの虚像《きょぞう》を
追《お》いかけて悪《あく》と対峙《たいじ》していたのです。
そして一週間前《いっしゅうかんまえ》…あの蚊《か》の化物《ばけもの》が
現《あらわ》れたとき、俺《おれ》は完全《かんぜん》に油断《ゆだん》していました。
もはや、あの暴走《ぼうそう》サイボーグ以外《いがい》には負《ま》ける訳《わけ》がないと
思《おも》い込《こ》み、敵《てき》のデータ分析《ぶんせき》もせずにただ正面《しょうめん》から攻撃《こうげき》を
開始《かいし》していました。
結果《けっか》は御存知《ごぞんじ》の通《とお》り、底力《そこぢから》を見《み》せた化物《ばけもの》に
返《かえ》り討《う》ちにされ、サイタマ先生《せんせい》が
たまたま通《とお》りかからなかったら確実《かくじつ》に
破壊《はかい》されていました。
俺《おれ》はサイタマ先生《せんせい》に命《いのち》を救《すく》われたのです。
クセーノ博士《はかせ》に一度《ど》救《すく》われたこの命《いのち》、
サイタマ先生《せんせい》に再《ふたた》び救済《きゅうさい》された事《こと》によって
さらに重《おも》く責任《せきにん》の増《ま》したものになりました。
こうなったらなんとしても暴走《ぼうそう》サイボーグを
破壊《はかい》するまで死《し》ぬ訳《わけ》にはいかない。
そのためには再《ふたた》び奴《やつ》が俺《おれ》の前《まえ》に現《あらわ》れるまで
正義《せいぎ》のサイボーグとして悪《あく》と
戦《たたか》い続《つづ》けなければならない。
……強《つよ》くならなければならない！
先週《せんしゅう》、サイタマ先生《せんせい》の一撃《げき》を見《み》たとき、
俺《おれ》はこの人《ひと》の下《もと》で学《まな》ぶしかないと思《おも》いました。
俺《おれ》もこれほど強《つよ》くなれたら…
サイタマ先生《せんせい》、俺《おれ》には倒《たお》さなければならない
宿敵《しゅくてき》がいるんです！
これは俺一人《おれひとり》の戦《たたか》いじゃない
俺《おれ》の故郷《こきょう》やクセーノ博士《はかせ》の想《おも》いも背負《せお》って
いるんです。
自分《じぶん》が未熟《みじゅく》なのはわかっている…しかし今《いま》は
何《なん》としても巨悪《きょあく》を粉砕《ふんさい》する強大《きょうだい》な力《ちから》が必要《ひつよう》なのです！

クセーノ博士《はかせ》は俺《おれ》に
バカヤロウ
20文字以内《もじいない》で簡潔《かんけつ》にまとめて出直《でなお》してこい！

ヒュウーーウーーウーーウゥ
モスキート娘《むすめ》がやられたか
まぁ奴《やつ》は血《ち》を吸《す》わなければ貧弱《ひんじゃく》な羽虫《はむし》でしかないからな
所詮《しょせん》は試作品《しさくひん》という事《こと》だ
いえ…それが…
モスキート娘《むすめ》は大量《たいりょう》の血液《けつえき》を吸収《きゅうしゅう》した状態《じょうたい》で敗北《はいぼく》したようです
それも一撃《げき》で
28
何《なに》？

パ
小型追跡《こがたついせき》カメラがほんの一部《いちぶ》ですが記録《きろく》しています
これです
!!
なぜ裸《はだか》なんだ
わかりません
これはいいサンプルになりそうだ
無理矢理《むりやり》にでも彼《かれ》の体《からだ》を調《しら》べさせてもらおう
使者《ししゃ》を送《おく》って彼《かれ》を招待《しょうたい》しろ
了解《りょうかい》
我々《われわれ》の『進化《しんか》の家《いえ》』にね……
28

先生《せんせい》
言葉《ことば》をまとめてきました
先生《せんせい》のように強《つよ》くなる方法《ほうほう》
教《おし》えてください

ふむ……
ジェノス
はい!
お前《まえ》いくつだ
19です
若《わか》いな…お前《まえ》ならすぐに俺《おれ》を超《こ》えるだろう
本当《ほんとう》ですか
俺《おれ》は今《いま》25だけどトレーニング始《はじ》めたのは22の夏《なつ》だった
!!?
教《おし》えてやってもいい……だが辛《つら》いぞ
ついてこれるのか?
ゴゴゴ

はい
ピ
高速接近反応《こうそくせっきんはんのう》
トッ
……来《く》る……
なんだ
コイツ……

ケーケケケ
俺《おれ》の名《な》は
メキィ

ぱちゃ
天井《てんじょう》弁償《べんしょう》しろ
外《そと》にもいるようだな
なんか先陣《せんじん》切《き》ったカマキュリーが殺《ころ》されたみたいだ
オデのテレパシーが届《とど》かん
え…アイツ結構強《けっこうつよ》い方《ほう》じゃなかったっけ?
ガチャ…

先生《せんせい》
ここは
バチッ
俺《おれ》が・・・
人《ひと》んちの
天井《てんじょう》を・・・
ぶつぶつ
あ
何《なん》でも
ないです

ピ
おお!?
せ
先生《せんせい》!
なんつーか
つくしに
なった気分《きぶん》だ…

高《こう》エネルギー反応《はんのう》アリ
オ前《まえ》モ
サイボーグナノカ?
ガラガラ。。

8撃目《げきめ》 それコイツ

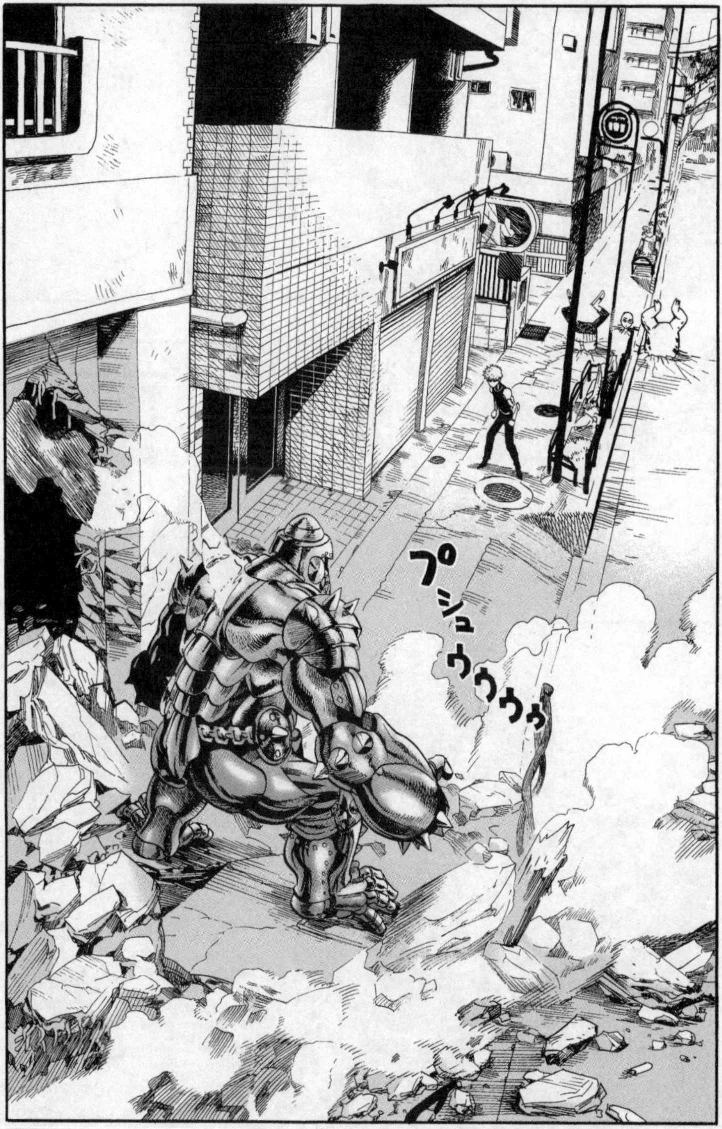

ターゲットハ
オ前《まえ》デハナイ
ズン…
サイボーグ…
まさか…
ギン
邪魔《じゃま》ダ

!
お前《まえ》にいくつか
聞《き》きたい事《こと》がある

!?
がははははは
ズン
ズン
先生《せんせい》!!?
動《うご》けないのか

手《て》も足《あし》も出《で》ないとは
正《まさ》にこの事《こと》だな
よくやった!
グランドドラゴン!
ズル…
暴《あば》れられるのも
面倒《めんどう》だしな
のそ
土竜

先《せん》・・・
ガシッ

ズズーー…ン
！
先生《せんせい》…！
ダッ
！

ドン
ザッ
ザッ

ゴゴゴ
ゴゴ
我《われ》ハ『進化《しんか》ノ家《いえ》』ノ英知《えいち》ノ結晶《けっしょう》
アーマードゴリラダ!!
オ前《まえ》ノ攻撃《こうげき》ナド効《き》カヌ
何《なに》?
進化《しんか》の家《いえ》だと?
それが先生《せんせい》に何《なん》の用《よう》だ
オ前《まえ》ニハ関係《かんけい》ナイ事《こと》ダ
ソシテ刃向《はむ》カッタ者《もの》ハ必《かなら》ズ消《け》スノガ我《われ》ラノ決《き》マリ…
ゴト

オ前《まえ》ハ破壊《はかい》セネバナラン

おい！貴様《きさま》
なんだその顔《かお》は
なん…
あっ
この野郎《やろう》！
ふわぁ〜…
土《つち》ん中《なか》って
ひんやりしつつ
温《あたた》かさもあって
気持《きも》ちいいんだな
眠《ねむ》くなって
きたから
放《ほ》っといてくれ
がはははは
これは
立場《たちば》を
わからせる
必要《ひつよう》がある
ようだ

貴様《きさま》の両目《りょうめ》を潰《つぶ》す！
抵抗《ていこう》できぬようにな！
まぁ冗談《じょうだん》はさておき
ズルリ
お前《まえ》ら
謝《あやま》るなら今《いま》のうちだぞ

じ…
自力《じりき》で脱出《だっしゅつ》しやがった
ふん
よかろう
この獣王《じゅうおう》の力《ちから》見《み》せてやる！
ガキン
獅《し》子《し》斬《ざん》
あー変《へん》なとこ土《つち》入《はい》っちゃってるよ

オオオオ
オオオオッ

イデデ…
おおい…カエ……
邪魔《じゃま》だ軟弱者《なんじゃくもの》どもッ
ぐはは弱肉強食《じゃくにくきょうしょく》
次《つぎ》はお前《まえ》だ
逃《に》がさん
メキ
バキバキ

獅《し》子《し》斬《ざん》流《りゅう》勢《せい》群《ぐん》

待《ま》て 今《いま》は殺《ころ》すな!!

連続《れんぞく》普通《ふつう》の
パンチッ!!!

……
え？
！

ずばばばっ
あ…あんなの…
聞《き》いてない！
ここは退散《たいさん》して…
見《み》っけ
嘘《うそ》だろぉおおお

ピシュ
ドドドド
ン
フウッ
お

質問《しつもん》に答《こた》えるかこのまま消滅《しょうめつ》するか
選《えら》べ
消滅《しょうめつ》スルノハオ前《まえ》ダ愚力者《おろもの》メ
我《われ》ノ実力《じつりょく》ハ進化《しんか》ノ家《いえ》デハナンバー3

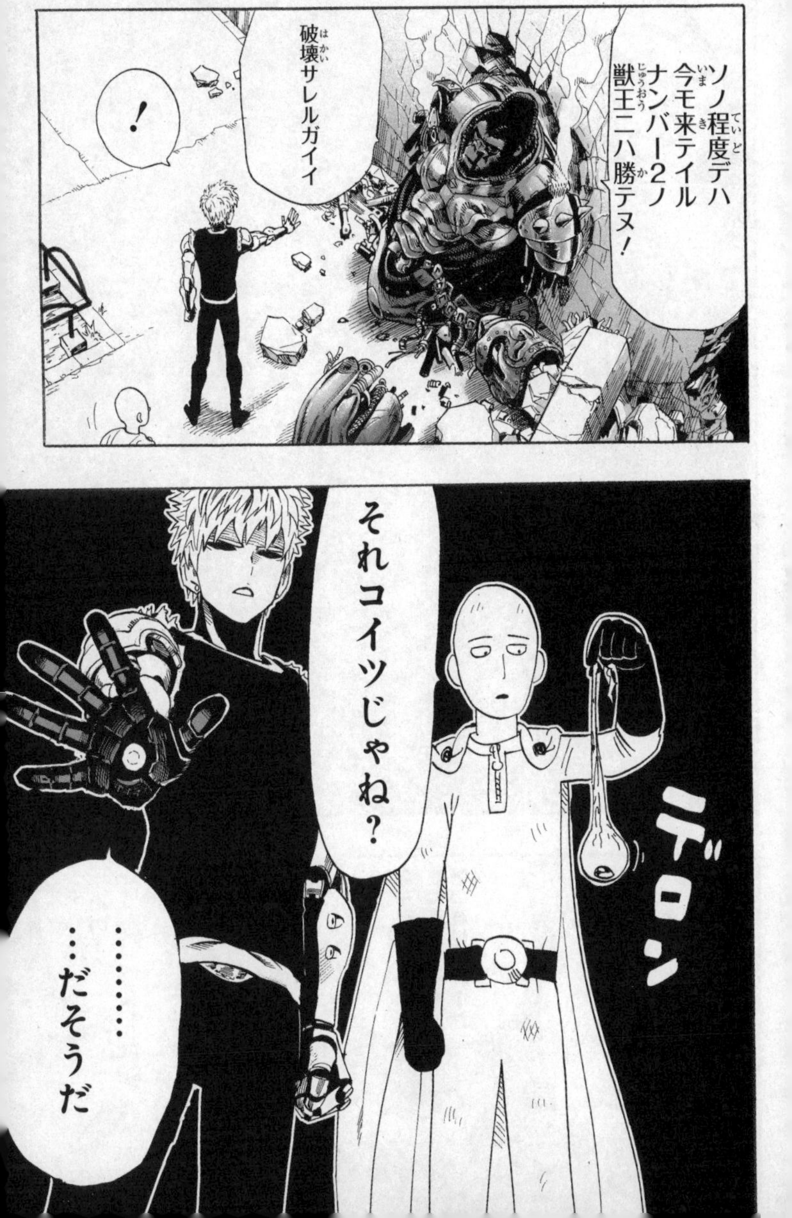
ソノ程度《ていど》デハ
今《いま》モ来《き》テイル
ナンバー2ノ
獣王《じゅうおう》ニハ勝《か》テヌ!
破壊《はかい》サレルガイイ
!
それコイツじゃね?
デロン
……だそうだ

あの…
すいません 全部《ぜんぶ》話《はな》し ますんで 勘弁《かんべん》して下《くだ》さい
なんだお前《まえ》 さっきまで片言《かたこと》 だったじゃねーか
すいません 格好《かっこう》つけてました

番外編《ばんがいへん》
200円《えん》
今日《きょう》から君達《きみたち》も中学生《ちゅうがくせい》だというう事《こと》を自覚《じかく》し
入学式
文武両道《ぶんぶりょうどう》を目指《めざ》しレベルの高《たか》い学生《がくせい》になる事《こと》を
将来《しょうらい》の為《ため》に今《いま》何《なに》を為《な》すべきか全《すべ》ての努力《どりょく》は未来《みらい》への先行投資《せんこうとうし》になるという事《こと》を
ゴクッ
サイタマ 12歳《さい》

おい 新入生《しんにゅうせい》ども
何《なん》でお前《まえ》らが校舎裏《こうしゃうら》に連《つ》れて来《こ》られたかわかるか？
俺達《おれたち》 お金《かね》に困《こま》ってる訳《わけ》よ
そんな俺達《おれたち》の為《ため》にお前《まえ》らが協力《きょうりょく》できる事《こと》は何《なん》だと思《おも》う？
え…
え〜〜〜と
お…お金《かね》…？
お前《まえ》ら今《いま》いくら持《も》ってんの？
いやちょっと…
持《も》ってないです
家《いえ》にあるだろー
キイッ
そこの不良達《ふりょうたち》
ちょっと待《ま》てーッ

？
なんだテメェは
俺《おれ》も新入生《しんにゅうせい》！
名《な》もなき自転車通学生《じてんしゃつうがくせい》だ！
ガタン
カチャカチャ
悪事《あくじ》は見過《みす》ごせん！
なんだコイツイカしてんのか？
やっちまうか
昨日《きのう》の帰《かえ》り2組《くみ》の男子《だんし》が不良《ふりょう》3年生《ねんせい》にリンチされたんだって
制服《せいふく》ボロボロ
怖《こわ》〜〜〜
よくわかる保健体育
性質《たち》の悪《わる》い先輩《せんぱい》二人組《ふたりぐみ》らしいから
目《め》を付《つ》けられないようにしとかなきゃヤバいぜ

チカッ
よくわかる
保健体育
バガウッ
ゴロ
ゴロ
本日午後《ほんじつごご》
4時過《じす》ぎ
17:10
Z市《ゼットし》に怪人《かいじん》が
現《あらわ》れました
通報《つうほう》に駆《か》け付《つ》けた
警察官数名《けいさつかんすうめい》が
怪人《かいじん》の攻撃《こうげき》を受《う》け
負傷《ふしょう》
Z市に怪人出現
今日4時頃
ブヒュヒュ
怪人《かいじん》は逃走《とうそう》
しました
これを受《う》け
市《し》は政府《せいふ》に対《たい》し
特殊部隊《とくしゅぶたい》の
出動要請《しゅつどうようせい》を
HADOU

怪人《かいじん》の発生《はっせい》は
去年《きょねん》の7月《がつ》以来《いらい》
9か月《げつ》ぶりに
なりますが
過去《かこ》10年《ねん》のデータに
よりますと
その発生頻度《はっせいひんど》が
徐々《じょじょ》に上昇傾向《じょうしょうけいこう》に
あり
ザァアアァアアア
発生元《はっせいもと》の掴《つか》めない怪人《かいじん》や
危険生物《きけんせいぶつ》に対《たい》し
どの様《よう》な対策《たいさく》を以《もっ》て
しっかりと対応《たいおう》していくのか
今後《こんご》の
政府《せいふ》の対応《たいおう》の
注目《ちゅうもく》すべき
一点《てん》となります
MOBU PSYCHO 1000000
発砲《はっぽう》しちゃ
ダメなの？
正当防衛《せいとうぼうえい》とか
治安《ちあん》を守《まも》る
ためなら
いいんでしょ？
ザァアァ
アアア

怪人《かいじん》に対《たい》する発砲許可《はっぽうきょか》は下《お》りているもののいきなり目《め》の前《まえ》に怪人《かいじん》が現《あらわ》れた時《とき》に対応《たいおう》するのは難《むずか》しいようです
市民《しみん》からは警察《けいさつ》が命《いのち》を懸《か》けて何《なん》とかしろとの声《こえ》が上《あ》がっていますが
ザァアアア
今後《こんご》さらに数《かず》が増《ふ》えるようなら怪人《かいじん》の対策《たいさく》については新《あたら》しい専門機関《せんもんきかん》を設《もう》け人員《じんいん》を編成《へんせい》しなければ
通常《つうじょう》の治安維持《ちあんいじ》にも支障《ししょう》をきたすとの意見《いけん》が政府内《せいふない》から出《で》ています
ザァアアアア
呼《よ》べばすぐ来《き》てくれる足軽《あしがる》な組織《そしき》にしてくれないと意味《いみ》ないけどね
向《む》こうはいきなり出《で》て来《く》るんだから
ごろ
あ…
眠《ねむ》い……

おい サイタマ
宿題《しゅくだい》をやってないとはどういう事《こと》だ
完全《かんぜん》に忘《わす》れていたので今《いま》からやります
今《いま》からは授業《じゅぎょう》だろうが
お前《まえ》馬《ば》鹿《か》なのか〜? ん〜?
入学《にゅうがく》3日目《かめ》もう既《すで》に出遅《でおく》れてるって気付《きづ》いてないのか〜?
この遅《おく》れはもう取《と》り戻《もど》せないんだぞ〜 わかってんのか〜?
お前《まえ》が忘《わす》れた宿題《しゅくだい》をやる時間《じかん》他《ほか》の生徒《せいと》は次《つぎ》の宿題《しゅくだい》をやってるんだぞ〜
小《ちい》さな歯車《はぐるま》でもズレたら10年後《ねんご》に大《おお》きく響《ひび》くんだ わかってんのか〜?
わからん… 宿題《しゅくだい》を2日分《かぶん》やればいいんじゃねーのか
わかりません
…お前《まえ》 教師《きょうし》にナメた態度《たいど》とればモテると思《おも》ってんだろ
え? 思《おも》ってないですけど

いい度胸《どきょう》だ…
放課後《ほうかご》に職員室《しょくいんしつ》来《こ》い
何故《なぜ》お前《まえ》が駄目人間《だめにんげん》なのかみっちり教授《きょうじゅ》してやるからな
ボソ
ボソ
あーあ…
ガタ
アイツ担任《たんにん》を敵《てき》にまわしたな…
黙《だま》ってりゃいいのに
くすくす

放課後《ほうかご》
おい1年《ねん》
ちょっとツラ貸《か》せよ
俺《おれ》?
ちょっと職員室《しょくいんしつ》に呼《よ》ばれてるから無理《むり》です
2-1
あん?
お前《まえ》さ俺達《おれたち》を誰《だれ》だと思《おも》ってんだ?
Z南中《ゼットみなみちゅう》の〝破《やぶ》け学《がく》ランず〟といえばここら一帯《いったい》の小《しょう》・中学生《ちゅうがくせい》は震《ふる》え上《あ》がるんだぜ?

校舎裏《こうしゃうら》までついて来《こ》い
言《い》う事《こと》聞《き》かねぇとテメーの学《がく》ランの繊維《せんい》がはじけ飛《と》ぶぜ
さて…1年《ねん》
財布《さいふ》は持《も》ってるか?
偉《えら》そうにすんな
持《も》ってねーよハゲ

な
何《なに》？
"性質《たち》の悪《わる》い先輩《せんぱい》"ごときが
ポキ
ポキ
"駄目人間《だめにんげん》"の称号《しょうごう》を持《も》つ俺相手《おれあいて》に頭《ず》が高《たけ》ぇんだよ
何《なん》だこいつ威勢《いせい》だけじゃんか
200円《えん》しか持《も》ってねーし
……
こりゃ確《たし》かに駄目人間《だめにんげん》だぜははははッ

ズロンッ
え

うわぁあああ
かッ怪人《かいじん》だぁあ
ニュースの…
小銭《こぜに》を出《だ》せ！
小銭《こぜに》！小銭《こぜに》
入《い》れさせろ！
怪人《かいじん》・豚《ぶた》の貯金《ちょきん》バコン
突進《とっしん》すれば小銭《こぜに》が落《お》ちる！
うおお
小銭《こぜに》い！
ドド
ドド
渡《わた》し
ます！
小銭《こぜに》
渡《わた》します
早《はや》く
入《い》れろ！
チャリン
チャリン

ブヒュヒュ(笑)
くそぉおお 全財産《ぜんざいさん》が…
弟達《おとうとたち》の給食費《きゅうしょくひ》がぁあああッツ

ダッ
え!?
1年《ねん》!?
つまんねー
事《こと》ばっかだ!!
宿題《しゅくだい》忘《わす》れて
不良《ふりょう》にボコられて

そして俺《おれ》の200円《えん》を返《かえ》せ！
あの怪人《かいじん》は退屈《たいくつ》な日常《にちじょう》の外《そと》からやってきた
だから俺《おれ》は追《お》いかけたのかもしれない

路地裏《ろじうら》まで
追《お》いかけた所《ところ》で
豚《ぶた》に突進《とっしん》され
俺《おれ》は1時間《じかん》ほど
気《き》を失《うしな》った
目《め》を覚《さ》ました
俺《おれ》がまず
思《おも》ったのは
職員室《しょくいんしつ》
行《い》かなきゃ…
怪人《かいじん》は警察《けいさつ》と
軍《ぐん》の特殊部隊《とくしゅぶたい》が
連携《れんけい》して包囲《ほうい》し
見事《みごと》に討伐《とうばつ》されたが
俺《おれ》の200円《えん》は
戻《もど》ってこなかった
POLICE

サイタマ…
放課後《ほうかご》にすぐ来《こ》いって言《い》ったよな〜お前《まえ》ふざけてんのか？
放課後《ほうかご》来《こ》いとは言《い》われたけどすぐ来《こ》いとは言《い》われてない気《き》がする
口《くち》が減《へ》らないガキだなまだ小学生気分《しょうがくせいきぶん》か〜？ああ〜？
その制服《せいふく》もふざけてるようにしか見《み》えないぞ〜
いやこれ先輩《せんぱい》に破《やぶ》られたんですよ金《かね》も取《と》られたし
先輩《せんぱい》のせいにしようってのか〜？いくら取《と》られたか言《い》ってみろ
200円《えん》
お前《まえ》ふざけてるだろ

社会《しゃかい》と相性《あいしょう》が
良《よ》くないのかな
ピシャ
どうやって
生《い》きたらいいのか
全然《ぜんぜん》わからない
ヒョコ
ヒョコ
俺《おれ》は負《ま》けて
ばかりだ…
こんなに弱《よわ》くて
まともに生《い》きて
いけるのか？俺《おれ》？

おじさん ボク将来《しょうらい》が怖《こわ》いよ
おじさんじゃねぇから
ハゲお兄《にい》さんボク将来《しょうらい》が怖《こわ》いよ
何《なん》で急《きゅう》にハゲが付《つ》いたのか不思議《ふしぎ》だけど何《なん》で怖《こわ》いんだよ
こんな怪人《かいじん》が出《で》てくる世界《せかい》じゃ生《い》きていける気《き》がしないよ
ハゲ兄《にい》みたく上手《うま》く生《い》きられないよ
上手《うま》く生《い》きるなんて無理《むり》だろ

俺《おれ》だってガキの頃《ころ》は社会《しゃかい》が怖《こわ》かったし
今《いま》だって生《い》きるのめちゃくちゃ難《むずか》しいぞ
ハゲっち強《つよ》いのに?
強《つよ》い弱《よわ》い関係《かんけい》ねーよ
じゃあどうしたらいいの?
好《す》きにしろよ
それって深《ふか》い言葉《ことば》?それとも適当《てきとう》な言葉《ことば》?
知《し》らねーよ俺《おれ》の言葉《ことば》だよ
ハゲありがとう
落《お》とそうかなコイツ

ズーオオオオオオ
ねぇ あんなのも倒《たお》せるの？ やばくない？
いや別《べつ》に大丈夫《だいじょうぶ》……ッ

あぁッ!!!
やべぇ!!!
燃《も》えるゴミの日《ひ》
だったのに
出《だ》し忘《わす》れた!!!
1一撃(完)

■ジャンプ・コミックス

ワンパンマン

1一撃

2012年12月9日　第1刷発行
2017年10月10日　第41刷発行

著者　ONE
©One 2012
村田雄介
©Yusuke Murata 2012

編集　株式会社 ホーム社
東京都千代田区神田神保町3丁目29番　共同ビル
〒101-0051
電話 東京 03(5211)2651

発行人　田中純

発行所　株式会社 集英社
東京都千代田区一ツ橋2丁目5番10号
〒101-8050
03(3230)6222(編集部)
電話 東京 03(3230)6191(販売部)
03(3230)6076(読者係)
Printed in Japan

製版所　株式会社 コスモグラフィック
印刷所　共同印刷株式会社

ISBN978-4-08-870701-3 C9979